Puede consultar nuestro catálogo en www.edicionesobelisco.com
www.picarona.net

Los tres cerditos
Texto: *Nina Filipek*
Ilustraciones: *Katherine Kirkland*

1.ª edición: septiembre de 2015

Título original: *The Three Little Pigs*

Traducción: *Raquel Mosquera*
Maquetación: *Marta Rovira Pons*
Corrección: *M.ª Jesús Rodríguez*

© 2013, Ginger Fox Ltd.
(Reservados todos los derechos)
Título original publicado por Milly & Flynn⁽ᴿ⁾,
sello editorial de Ginger Fox, Ltd.
© 2015, Ediciones Obelisco, S. L.
(Reservados los derechos para la lengua española)

Edita: Picarona, sello infantil de Ediciones Obelisco, S. L.
Pere IV, 78 (Edif. Pedro IV) 3.ª planta, 5.ª puerta
08005 Barcelona - España
Tel. 93 309 85 25 - Fax 93 309 85 23
E-mail: picarona@picarona.net

ISBN: 978-84-16117-41-3
Depósito Legal: B-8.152-2015

Printed in China

Los tres cerditos

Picarona

Érase una vez tres cerditos. Aquél era un gran día para los tres cerditos porque se iban de casa por primera vez.

—Tened cuidado, cerditos míos –les dijo su mamá, besando a cada uno en la mejilla.

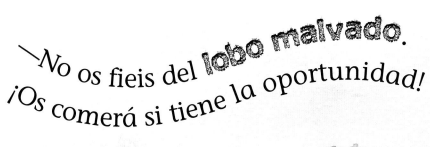

—No os fieis del **lobo malvado**. ¡Os comerá si tiene la oportunidad!

7

Los tres cerditos se marcharon calle abajo.
Al poco rato, se encontraron con un
muchacho que vendía paja.

—Puedo usar esta paja para construirme
una casa –dijo el primer cerdito.

—Por favor, ¿puedo comprarte un poco de
paja? –le preguntó al muchacho.

Así que el primer cerdito planeó construir
su casa con paja.

—¡Será una casa encantadora y confortable!
–dijo el primer cerdito.

—¡Estoy seguro de que
seré feliz aquí!

Los otros siguieron su camino. Al poco rato, se encontraron a una muchacha que vendía madera.

—Usaré esta madera para construirme una casa –dijo el segundo cerdito.

—¿Puedo comprarte madera? –le preguntó a la muchacha.

Así que el segundo cerdito empezó a construir su casa de madera.

—¡Será una casa cálida y acogedora! –exclamó el segundo cerdito.

—¡Estoy seguro de que seré feliz aquí!

El tercer cerdito siguió su camino. Al poco rato, se encontró a un hombre que vendía ladrillos.

—Puedo usar estos ladrillos para construirme una casa –dijo el tercer cerdito.

—Por favor, ¿puedo comprarte algunos ladrillos? –le preguntó al hombre.

Así que el tercer cerdito empezó a construir su casa con ladrillos.

—¡Será una casa buena y fuerte! –comentó el tercer cerdito.

—¡Estoy seguro de que seré feliz aquí!

Los tres cerditos estaban muy contentos. Estaban tan ocupados terminando sus casas que no vieron al **lobo malvado** que les espiaba detrás de los arbustos.

El **lobo malvado** se relamió
al ver a los tres cerditos.

¡Quería comérselos!

Al día siguiente, el **lobo malvado** fue a visitar al primer cerdito. Llamó suavemente a la puerta.

—¡Cerdito, cerdito, déjame pasar! –pidió el **lobo malvado**.

—¡No, lobo malvado, vete de aquí que la puerta no voy a abrir! –contestó el primer cerdito.

—¡Entonces,
soplaré y
soplaré y
tu casa derribaré!

–dijo el **lobo malvado**.

Así que sopló y sopló,
¡y derribó la casa
de paja!

¡El cerdito salió corriendo hacia la casa de
su hermano y escapó del **lobo malvado**!

Al día siguiente, el **lobo malvado** fue a visitar al segundo cerdito. Llamó a la puerta gritando.

—¡Cerdito, cerdito, déjame pasar! –dijo el **lobo malvado**.

—¡No, lobo malvado, vete de aquí que la puerta no voy a abrir! –contestó el segundo cerdito.

—¡Entonces,

soplaré y
soplaré y
tu casa derribaré!

–dijo el **lobo malvado**.

Así que sopló y sopló, ¡y derribó la casa de madera!

¡Los cerditos corrieron hacia la casa de ladrillos de su hermano y pudieron escapar del **lobo malvado**!

Al día siguiente, el **lobo malvado** fue a
visitar al tercer cerdito. Golpeó fuerte
la puerta.

—¡Cerdito, cerdito, déjame entrar!
–dijo el **lobo malvado**.

—¡No, lobo malvado, vete de aquí que la puerta
no voy a abrir! –contestó el tercer cerdito.

—¡Entonces,
soplaré y
soplaré y
y tu casa derribaré!

–dijo el **lobo malvado**.

Así que sopló y sopló, y sopló
y sopló otra vez... ¡pero no pudo derribar
la casa de ladrillos!

21

Entonces, el **lobo malvado** tuvo una idea...
¡Podía deslizarse por la chimenea!

¡Al tejado saltó, rápido como un rayo!

Pero el tercer cerdito también tenía una idea...

¡Puso una gran olla de agua caliente en el fuego!

Cuando el lobo bajó por la chimenea,
¡se ZAMBULLÓ en el agua!
Se quemó el trasero y salió corriendo
por la puerta para no volver jamás.

¡Entonces, los tres cerditos vivieron felices y comieron perdices!

¿Qué pasa después?

Mira los dibujos de la parte inferior.
¿Recuerdas qué pasa después?

?

?

26

¿Verdadero o falso?

Ahora que has leído el cuento,
¿puedes contestar a estas preguntas
correctamente?

1. El **lobo malvado** era amable.

¿Verdadero o falso?

2. El **lobo malvado** quería
comerse a los cerditos.

¿Verdadero o falso?

3. La casa del primer cerdito
estaba hecha de gelatina.

¿Verdadero o falso?

4. El segundo cerdito construyó
su casa con madera.

¿Verdadero o falso?

5. La casa más fuerte estaba
construida con paja.

¿Verdadero o falso?

27

¿Quién es quién?

Basándote en lo que están diciendo, ¿puedes adivinar a qué personaje del cuento pertenece cada bocadillo?

Le vendí al primer cerdito un poco de paja. ¿Quién soy?

Les advertí a mis hijos de que no se fiaran del **lobo malvado**. ¿Quién soy?

Construí mi casa con ladrillos. ¿Quién soy?

Estaba encima de la pared de ladrillos mientras se construía la casa de ladrillos. ¿Quién soy?

Me deslicé por la chimenea. ¿Quién soy?

Mi casa fue la primera en ser derribada. ¿Quién soy?

Resuelve el enigma...

Aquí tienes una mezcla de enigmas.
¿Puedes resolverlos todos?

1. ¿Qué dijeron los tres cerditos? Dijeron...

> ¡No, lobo malvado, vete de aquí que la ventana no voy a abrir!

O

> ¡No, lobo malvado, vete de aquí que la puerta no voy a abrir!

2. ¿El peto de qué cerdito ha cambiado?

3. ¿Cuál es el error en este dibujo?

29